P9-BII-374

Justo en ese momento, papá paró el auto en la orilla.

—No, Junie B. No. Tú no estás lista para trabajar —dijo—. No puedes agarrar unas tijeras y ponerte sin más a cortar el pelo. ¿Lo entiendes? Para trabajar en un salón de belleza hay que practicar durante muchos años.

—Ya, eso ya lo sabía —dije—. Ya sé que hace falta practicar durante años y años.

—Años y años y años —dijo papá.

Le resoplé.

—Ya te he dicho que ya lo sabía —le volví a decir.

Después de eso, me senté para atrás en mi asiento y pensé en todos esos años de experiencia.

Al final, hice un suspiro muy grande.

Tenía que empezar cuanto antes.

Títulos de la serie en español de Junie B. Jones por Barbara Park

Junie B. Jones
es
una peluquera

por Barbara Park
ilustrado por Denise Brunkus

SCHOLASTIC INC.
New York   Toronto   London   Auckland   Sydney
Mexico City   New Delhi   Hong Kong   Buenos Aires

If you purchased this book without a cover, you should be aware that this book is stolen property. It was reported as "unsold and destroyed" to the publisher, and neither the author nor the publisher has received any payment for this "stripped book."

Originally published in English as
Junie B. Jones Is a Beauty Shop Guy

Translated by Aurora Hernandez.

No part of this publication may be reproduced in whole or in part, or stored in a retrieval system, or transmitted in any form or by any means, electronic, mechanical, photocopying, recording, or otherwise, without written permission of the publisher. For information regarding permission, write to Writers House, LLC, 21 West 26th Street, New York, NY 10010.

ISBN 0-439-66124-2

Text copyright © 1998 by Barbara Park.
Illustrations copyright © 1998 by Denise Brunkus.
Translation copyright © 2004 by Scholastic Inc.

All rights reserved.
Published by Scholastic Inc., 557 Broadway, New York, NY 10012, by arrangement with Writers House.
SCHOLASTIC and associated logos are trademarks and/or registered trademarks of Scholastic Inc.

12 11 10 9   10 11 12 13 14 15 16/0

Printed in the U.S.A.   40

First Spanish printing, September 2004

Contenido

1/ Mi nombre totalmente nuevo

Me llamo Junie B. Jones. La B es de Beatrice, solo que a mí no me gusta Beatrice. Me gusta la B, y ya está.

Solo que, ¿sabes qué? ¡Que eso ya no importa! ¡Porque me voy a poner un nombre totalmente nuevo!

¡Eso se me ocurrió esta mañana cuando me desperté!

Por eso empecé a saltar en la cama. Y salí *escopeteada* a la cocina para decírselo a mamá y a papá.

Estaban sentados en la mesa del desayuno.

—¡Oigan! ¡Oigan! ! ¡Chicos! ¿Saben qué? ¿Eh? ¡Que voy a cambiar mi nombre por un nombre totalmente nuevo! Y es el nombre más requetelindo que han oído jamás.

Mamá estaba dando de comer a mi hermano bebé que se llama Ollie. Papá leía el periódico.

No me hicieron ni caso.

Me subí a mi silla y grité con todas mi fuerzas.

—¡ROSI GLADIS GUZMÁN! ¡MI NOMBRE NUEVO ES ROSI GLADIS GUZMÁN!

En ese momento, papá me miró por encima del periódico. Porque ahora sí que me estaba haciendo caso.

—¿Cómo? ¿Puedes volver a repetir lo que has dicho? —preguntó—. Tu nombre nuevo es Rosi ¿qué?

Di palmaditas muy contenta.

—¡GLADIS GUZMÁN! —grité entusias-
mada con toda mi boca—. ¡ROSI GLADIS
GUZMÁN! ASÍ QUE A PARTIR DE
AHORA TODO EL MUNDO ME TIENE
QUE LLAMAR ASÍ, O NO CONTESTO.
¿Lo entiendes, papá?

Me di un abrazo.

—¿A que es el nombre más requetelindo
que has oído en tu vida? ¡Porque el rosado
es el color más maravilloso que he visto! Y
además Gladis Guzmán es la señorita del
comedor de la escuela. ¿Y a quién no le gustaría llamarse como ella? ¡Eso es lo que yo
quiero saber!

Papá movió la cabeza.

—No sé. A mí no me parece tan buena
idea —dijo.

Le fruncí el ceño al hombre ese.

—¿Por qué papá? ¿Eh? ¿Por qué? ¿Por
qué no te encanta?

—Pues, por un lado, es demasiado largo. No va a haber quién se acuerde de un nombre tan largo.

Me di golpecitos en la barbilla.

—Hmmm —dije—. Hmmm, hmmm, hmmm.

De repente, me puse toda contenta.

—¡Oigan! ¡Ya está! ¡Ya tengo la solución!

Después de eso, salí disparada a mi cuarto. Y agarré un papel. Y volví otra vez como flecha.

—¡Vamos a hacer una etiqueta con mi nombre! —dije—. Así todo el mundo puede leer mi nombre. Y no tendrán que acordarse.

Le di el papel a mamá.

—¡Escríbelo! ¡Escríbelo! Escribe mi nombre en este papel. ¡Y luego lo prendemos en mi ropa!

Mamá le frunció el ceño a papá.

—Qué gran idea, artista —le dijo entre dientes.

Después de eso, escribió mi nombre nuevo en el papel. Y lo prendió en mi pijama.

Mis pies hicieron en el piso el baile de la felicidad.

—¡ROSI GLADIS GUZMÁN! ¡ME LLAMO ROSI GLADIS GUZMÁN! —canté muy contenta.

Mamá y papá no dijeron ni pío. Solo se quedaron mirándome.

Por fin, papá se levantó de la mesa.

—Bueno... me tengo que ir —dijo—. Tengo cita para cortarme el pelo.

Mamá salió *escopeteada* de su silla. Agarró a papá por la camisa.

—Oh, no. Ni hablar. No puedes —dijo—. Yo tengo cita para Ollie con el médico por la mañana, ¿no te acuerdas? Si tienes que ir a cortarte el pelo, tendrás que llevar a quien ya sabes.

Le di unos golpecitos.

—Guzmán —dije—. El nombre es Rosi Gladis Guzmán.

Papá se pasó los dedos por el cabello. Luego suspiró muy hondo. Y me dijo que me apurara y me vistiera.

Yo di un salto hacia arriba en el aire y después bajé.

—¡BRAVO! —grité—. ¡BRAVO! ¡ROSI GLADIS GUZMÁN SE VA A LA PELU-QUERÍA CON PAPÁ! ¡Y LE ENCANTA ESE SITIO!

Después de eso, hice piruetas por toda la cocina. Solo que peor para mí, porque sin darme cuenta me choqué contra el refrigerador y el horno y el lavaplatos.

Me caí al suelo.

Mi cabeza sonó muy fuerte.

La toqué con mucho cuidado.

—Buenas noticias —dije—. No hubo daños.

Después de eso, me puse de pie de un salto.

Y corrí a vestirme para ir a la peluquería.

2 / Encuentro con Maxine

Yo y papá fuimos en auto durante mucho tiempo.

No era muy divertido.

—¿Todavía no llegamos? ¿Por qué no llegamos? ¿Nos hemos perdido? ¿Eh, papá? ¿Te has perdido? —pregunté.

Justo entonces, papá se metió en el estacionamiento.

—¡Eh! ¡Hemos llegado! ¡Hemos llegado! —grité muy contenta.

Miré por la ventana.

—Ya, pero lo que pasa es que hay un problema. Yo ni siquiera conozco este sitio. Porque esta no es tu peluquería de siempre.

Papá me desabrochó el cinturón.

—Esta es otra peluquería —me explicó—. Me la recomendaron en el trabajo. En realidad no es una peluquería. Es más bien lo que se llama... eh, en realidad es un salón de belleza.

Mis ojos se abrieron como platos.

—¿UN SALÓN DE BELLEZA? ¡AY, AY, AY! ¡ES QUE ME ENCANTAN LOS SALONES DE BELLEZA MUCHO MÁS QUE LAS PELUQUERÍAS!

Salté de arriba abajo y por todas partes.

—¡OIGAN TODOS! ¡MI PAPÁ VA A IR A UN SALÓN DE BELLEZA! ¡MI PAPÁ VA A IR A UN SALÓN DE BELLEZA!

—¡Shhh, Junie B.! ¡Por favor! —dijo papá.

—En este sitio tienes que portarte muy

9

bien. De verdad. No puedes hacerte la chistosa.

Yo me aplané mi abrigo muy elegante.

—Ya, lo que pasa es que yo ni siquiera sé de qué hablas —dije—. En toda mi carrera nunca me he hecho la chistosa.

Después de eso, fui dando saltitos por todo el salón de belleza.

Había una señorita elegante detrás de un mostrador.

Tenía una cara muy ancha, con unos labios rojos brillantes.

—¿Nombre, por favor? —dijo.

—Robert Jones —dijo papá.

Me puse de puntillas.

—Ya, solo que también tiene otros nombres —le dije—. Porque algunas personas lo llaman Bob. Y hoy mi mamá lo llamó artista.

La señorita me miró por encima del mostrador.

—¿Y tú cómo te llamas? —preguntó.

Rápidamente me quité el abrigo y le enseñé la etiqueta con mi nombre.

—¡Rosi! —dije—. ¡Me llamo Rosi Gladis Guzmán! ¡Porque esta mañana se me acaba de ocurrir ese nombre tan lindo! ¡Y creo que es maravilloso!

La señorita me miró de forma rara.

No me hizo más preguntas.

Enseguida apareció otra señorita. Y le estrechó la mano a mi papá.

—Hola, me llamo Maxine y yo seré la que le corte el pelo hoy —dijo muy amable.

¡Mis ojos se me salieron cuando vi a esa señorita! ¡Porque llevaba una etiqueta con su nombre! ¡Igual que yo!

—¡MAXINE! ¡OYE! MAXINE! ¡MIRA AQUÍ! ¡YO TAMBIÉN TENGO UNA ETI- QUETA CON MI NOMBRE! —grité.

Maxine me revolvió el pelo con la mano.

—Rosi Gladis Guzmán, ¿eh? —dijo—. Bueno, Rosi Gladis Guzmán... pues como ya tienes tu etiqueta con el nombre, creo que hoy tendrás que ser mi ayudante.

—¡SÍ! —grité—. ¡PORQUE YO YA SÉ CÓMO SER AYUDANTE! ¡PORQUE A

VECES AYUDO AL ABUELO MILLER A ARREGLAR COSAS! ¡Y LA SEMANA PASADA ARREGLAMOS EL INODORO DE ARRIBA! ¡Y PUDE TOCAR LA PELOTA QUE FLOTA ENCIMA!

Maxine se rió.

—Fíjate... una ayudante con experiencia en plomería. Este debe ser mi día de suerte —dijo.

Después de eso, me dio la mano. Y yo y ella llevamos a papá al lavabo.

Luego Maxine le lavó el pelo a papá. Y me dejó sujetar la toalla esponjosa.

La sujeté entre mis brazos con mucha fuerza.

—¡Mira, Maxine! ¡Mira cómo sujeto la toalla esponjosa! ¿Ves qué bien lo hago? Ni siquiera dejo que toque el piso.

Solo que tuve muy mala suerte. Porque

justo en ese momento, mi nariz se llenó de pelusillas. Y empecé a estornudar.

—¡A... A... ACHÍS!

Estornudé justo en toda la toalla esponjosa.

Era suave como una pluma.

Así es como terminé restregándome la nariz con aquella cosa tan suave. Y además me soné un poquito.

Maxine puso una cara rara.

—Ya, pero no te tienes que preocupar. Porque ni siquiera soy contagiosa —le dije.

Entonces le di la toalla esponjosa para que secara el pelo de papá. Pero Maxine dijo:

—No, gracias—. Y le secó el pelo a papá con otra toalla.

Después de eso, todos nos fuimos a la silla gigante que da vueltas.

—¡OIGAN! ¡ESTAS SILLAS ME EN-CANTAN! —dije emocionada.

Me subí superrápido.

—¡QUIERO DAR VUELTAS! ¡QUIERO DAR VUELTAS! —grité.

Papá se acercó a mi oreja. Su cara no parecía muy simpática.

—Bájate —me susurró muy serio.

Me bajé.

Maxine me acarició la cabeza.

Me dio una escoba.

Era grande y ancha.

—Aquí tienes, ayudante. Puedes ir barriendo el pelo de tu papá mientras lo corto —dijo.

—¡Bien! —le contesté—. Porque esto lo hago muy bien. Creo.

Después de eso, agarré la escoba con todas mis fuerzas. Y empecé a correr de arriba abajo.

—¡Mira, Maxine! ¡Mira cómo barro! ¿Me ves? ¿Ves qué rápido voy?

Pero ¡qué mala suerte!

Porque en ese momento, una señora no se apartó de mi camino.

Y se fue a poner justo enfrente de mi escoba grande y anchota.

Y le barrí los pies.

—¡OH! —gritó—. ¡OH! ¡AY! ¡OH!

Papá vino corriendo y me quitó la escoba. Porque ya no era la ayudante.

Después de eso, le dio a Maxine muchos dólares.

Y me agarró de la mano.

Y yo y él salimos *escopeteados* de aquel sitio.

3 / Prácticas

Papá me llevó a casa en el auto.

Yo seguí olfateando el aire.

—Hueles a señora elegante —dije.

Papá no estaba muy amable.

—Es el gel del pelo —gruñó.

Olí un poco más.

—Mmm. Me encanta el olor a gel del pelo —dije—. Además, también me encanta barrer y sujetar la toalla esponjosa. Y por eso, a lo mejor cuando crezca, me hago peluquera de un salón de belleza.

—Estupendo —dijo papá.

—¡Ya sé que es estupendo! —dije—. Y además aquí va otra cosa estupenda. Que ya tengo una etiqueta con mi nombre y una toalla y una escoba y unas tijeras. ¡Así que probablemente ya estoy lista para trabajar!

Justo en ese momento, papá paró el auto en la orilla.

—No, Junie B. No. Tú no estás lista para trabajar —dijo—. No puedes agarrar unas tijeras y ponerte sin más a cortar el pelo. ¿Lo entiendes? Para trabajar en un salón de belleza hay que practicar durante muchos años.

—Ya, eso ya lo sabía —dije—. Ya sé que hace falta practicar durante años y años.

—Años y años y años —dijo papá.

Le resoplé.

—Ya te he dicho que ya lo sabía —le volví a decir.

Después de eso, me senté para atrás en mi asiento y pensé en todos esos años de experiencia.

Al final, hice un suspiro muy grande.

Tenía que empezar cuanto antes.

Papá metió el auto en la rampa de la cochera.

Me metí corriendo en casa superrápido.

—¡YA ESTOY EN CASA! —grité—. ¡YA HE *VOLVIDO* DEL SALÓN DE BELLEZA!

Mamá salió corriendo del cuarto de Ollie.

—¡Shh! Acabo de poner a tu hermano a dormir la siesta —dijo.

Me quedé allí parada durante un minuto.

Porque esa mujer me había dado una idea muy tramposilla, pues por eso.

Hice que bostezaba.

20

—Hmmm. Yo también necesito una siesta, creo —dije—. Porque ese salón de belleza me ha dejado agotada.

Me fui a mi cuarto.

—Bueno, buenas noches. Que duermas con los angelitos —dije.

Mamá me siguió.

Su cara parecía sospechosa.

Sospechosa es la palabra que usan los mayores para decir "creo que estás tramando algo".

—Oye, oye, oye. Espera un segundo —dijo mamá—. Yo creía que tú odiabas las siestas.

—Y las odio —le dije—. Odio las siestas. Pero hoy he trabajado en el salón de belleza. Y ese trabajo me ha dejado para el arrastre. De verdad de la buena.

Después de eso, cerré mi puerta. Y me metí debajo de la colcha.

Mamá se asomó.

Hice que roncaba.

Entonces esperé y esperé hasta que volvió a cerrar la puerta.

Me quedé en la cama hasta que pasó el peligro.

Por fin, me fui de puntillas a mi mesa.

Y abrí el cajón de arriba *con mucho silencio*.

Busqué con las manos la cosa esa.

¡De repente, mi corazón empezó a dar saltos!

¡Porque mis manos tocaron justo lo que estaban buscando!

¡Y se llama las *supermejores* tijeras brillosas!

4 Clic, clic, clic

Abrí y cerré mis tijeras brillosas muy rápido.

—¡Ahora puedo empezar mis años y años de práctica! —susurré muy emocionada.

Brinqué a mi cama donde estaban mis animales de peluche. Porque necesitaba voluntarios, claro.

—¿Quién quiere ser el primero? —les pregunté a mis animales—. ¿Quién quiere cortarse el pelo en mi salón de belleza?

Mi *supermejor* elefante que se llama Felipe Juan Bob levantó la pata.

—¡Yo! ¡Yo! —dijo.

Lo abracé muy fuerte. Porque es un tipo muy grande, pues por eso.

Lo senté encima de un montón de cojines para que estuviera alto.

Luego me quedé mirándolo y mirando su pelo.

—Ya, lo que pasa es que hay un problema —dije—. Tu pelo es de *ciertopelo* gris suave.

Y el *ciertopelo* gris suave es muy corto y muy suave. Y por eso no te puedo cortar el pelo.

Felipe Juan Bob hizo un suspiro con tristeza.

Le di unos golpecitos en la cabeza y lo volví a poner en la cama.

Justo entonces, sin querer, pisé algo.

Miré al piso.

¿Y sabes qué?

¡Que ahí estaban mis pantuflas de conejitos!

—¡A nosotros! ¡Córtanos el pelo a nosotros! —dijeron muy chillones.

—¡Oigan, claro! ¡Porque tienen el pelo más largo, más blanco y más lindo que he visto en mi vida! ¡Y es posible que ustedes sean perfectos para esto!

Los levanté superrápido y los puse en mi silla de belleza.

Después de eso, di saltitos alrededor de ellos. Y les recorté su pelo largo y blanco.

Canté una canción preciosa.

Se llama "Clic, clic, clic, corto su pelo largo y blanco".

La pasé mejor que en toda mi vida.

Cuando terminé, los puse delante del espejo para que se vieran.

No sonrieron.

—Estamos calvos —dijeron muy bajito.

Les resoplé a los tipos esos.

—Ya, solo que yo ya sé que ustedes están calvos. Pero eso no es culpa mía. Porque no pararon de retorcerse mientras les cortaba el pelo —les dije.

Les di golpecitos en la cabeza muy amable.

—No se preocupen —susurré—. Porque el pelo de conejo seguramente vuelve a crecer. Estoy casi segura, más o menos.

Luego los abracé con mucho cuidado. Y los tiré debajo de la cama.

Porque no quería que mamá y papá los vieran. Pues por eso.

Después me fui a la cama *y hice* un suspiro muy grande.

En este trabajo hay que practicar más de lo que yo pensaba.

5/ Teddy y Cosquillas

A mis pantuflas de conejos no les volvió a crecer el pelo.

Las miraba todos los días de la semana. Pero ahí no crecía nada. Ni siquiera pelusitas.

El lunes, en la escuela, no tuve ganas de jugar al recreo.

Mi *supermejor* amiga que se llama Grace me puso el brazo alrededor.

—¿Qué te pasa, Junie B.? —dijo—. ¿Por qué no quieres jugar hoy?

Dejé mi cabeza colgando hacia abajo.

—Porque el pelo de conejo no crece,

pues por eso —dije—. ¿Pero cómo lo iba a saber? Y ahora no puedo ser una peluquera de un salón de belleza cuando crezca, creo. Y adiós esperanzas y sueños.

Los ojos de la tal Grace se abrieron muy grandes.

—¡Eh! ¡Yo también! —dijo—. Ser peluquera es mi esperanza y mi sueño. Mi tía Lola tiene su propio salón de belleza. ¡Y ya me ha dicho que puedo ser la chica del champú!

Justo entonces, mi otra *supermejor* amiga que se llama Lucille empezó a esponjarse su pelo esponjoso.

—Cuando yo sea mayor, voy a ser clienta —dijo—. Una clienta es la persona que va al salón de belleza y gasta una pequeña fortuna.

Sacó un cepillito de su bolso y empezó a cepillarse el pelo.

—¿Ves cómo brilla mi pelo? También es suave y sedoso. Suave y sedoso y bien acondicionado.

Lo sacudió por todos los lados en el aire.

—El cabello de una mujer es la corona de su gloria —dijo—. ¿Quieren tocarlo?

Después de eso, volvió a sacudir el pelo por todo el aire.

—Me estás poniendo nerviosa —le dije.

Justo entonces, la tal Grace empezó a dar palmadas muy fuertes con sus manos.

—¡Junie B.! ¡Junie B.! ¡Se me acaba de ocurrir algo! ¡A lo mejor tía Lola también te deja a ti ser la chica del champú! ¡Y así las dos juntas podemos ser las chicas del champú!

Yo tragué saliva.

—¿De verdad, Grace? ¿De verdad piensas que lo haría? ¿De verdad? ¿De verdad?

Luego abracé a la tal Grace con todos mis brazos y todas mis fuerzas.

Porque ¿sabes qué?

¡Que otra vez tenía sueños y esperanzas!

Cuando llegué a casa de la escuela, fui corriendo a mi cuarto superrápido.

Agarré a mi osito de peluche y lo saqué de la cama. Y me fui volando al baño.

Mi abuela Helen Miller me gritó hola.

Estaba en el cuarto del bebé con mi herma-nito que se llama Ollie.

—¡HOLA A TI TAMBIÉN! —le grité de vuelta—. ¡SOLO QUE TENGO UN MEN-SAJE IMPORTANTE! ¡QUE VOY A CE-RRAR LA PUERTA DEL BAÑO, PORQUE A ESO SE LE LLAMA PRIVACIDAD, SEÑORITA!

Después de eso encerré la puerta en se-creto. Y llené el lavabo de agua.

Luego metí a Teddy dentro y fuera del agua. Y le puse champú al tipo ese.

Canté una canción alegre. Se llama "Al agua con Teddy, arriba y abajo, y ahora le ponemos champú al muchacho".

Solo que tuve mala suerte. Porque muy pronto, la cabeza de Teddy quedó empa-pada. Y no lo pudo aguantar muy bien.

Le chorreaba por todo su cuello.

Lo puse de pie en el lavabo. Era una bola gigante empapada.

Me sentí mal de la barriga.

Así es como mi oso acabó *envolvido* en una toalla. Y me fui corriendo a mi cuarto.

Después, le di golpecitos muy suaves en su cabeza empapada. Y lo lancé debajo de la cama junto con mis pantuflas.

Me quedé muy triste con la cabeza colgando.

—Demonios —dije—. Tampoco soy muy buena como chica del champú. Y ahora nunca voy a poder trabajar en el salón de belleza de tía Lola con la tal Grace. Creo.

Justo entonces, mi perro que se llama Cosquillas empezó a *arrascar* mi puerta.

—Vete, Cosquillas —dije—. No tengo ganas de jugar.

Pero siguió *arrascando* y *arrascando*.

Abrí la puerta un poquirritín.

—Dije que te vayas. ¿Es que no entiendes lo que hablo?

Solo que tuve mala suerte. Porque Cosquillas se puso de dos patas. Y abrió la puerta de golpe. Y se metió corriendo en mi cuarto.

Empezó a dar vueltas en círculos.

Por fin, se mareó y se sintió mal. Y se tumbó en mi alfombra.

Yo lo miré de cerca.

—Hmmm —dije—. Tienes el pelo un poco enredado y caído. Solo que nunca me había dado cuenta antes.

Me di golpecitos en la barbilla.

—A lo mejor tienes que venir a mi salón de belleza para que te corte las puntas. Porque yo ya he practicado. Y esta vez lo puedo hacer mejor. Creo.

Pensé un poco más.

—¡Oye, sí! Y otra cosa más. Que el pelo de perro sí que crece. ¿Verdad, Cosquillas?... ¿qué puedes perder? ¡Eso es lo que yo quiero saber!

Salí *escopeteada* a mi mesa y agarré mis tijeras brillosas.

Luego volví corriendo hacia Cosquillas.

Y le di un abrazo.

Y le corté las puntas a su pelo enredado y caído.

6 El problemita con Cosquillas

Cosquillas no resultó muy profesional.

El pelo le quedó a trasquilones y *escoboso*. Además la cola quedó chiquirritita y tiesa.

Lo intenté meter a empujones debajo de la cama. Pero no quería.

—Ya, lo que pasa es que te tienes que meter ahí abajo, Cosquillas. O si no, mamá y papá van a ver tu pelo. Y yo me meteré en un lío.

Justo entonces, oí unos pies que venían por el pasillo.

¡Oh, no!

¡Era mamá!

¡Había vuelto del trabajo!

Corrí por todo el cuarto muy preocupada.

—¡Escóndete, Cosquillas! ¡Escóndete!
—dije.

En ese momento, ¡vi mi suéter rosado peludito!

Lo saqué del armario y se lo puse a Cosquillas superrápido.

También agarré mi sombrero favorito con cuernos de diablo. Y se lo planté en la cabeza.

De repente, mamá abrió la puerta.

Yo retrocedí.

—Eh... hola —dije un poco nerviosa—.
¿Cómo estás? Yo estoy bien. Y Cosquillas
también está bien.

Tragué saliva.

—Parece que lleva ropa puesta —dije.

Justo entonces, mamá fue hacia Cosquillas muy despacio. Y le quitó el sombrero.

Y por eso salí corriendo de mi cuarto. Y
fui por el pasillo. Y salí al jardín.

Porque no quería estar allí cuando le
quitara el suéter, ¡por supuesto!

Mamá me persiguió por todo el jardín.

Esa mujer es más rápida de lo que parece.

Me agarró de un brazo y me llevó mar-
chando a la casa.

Después de eso, me sentó en mi silla. Y me
dijo "no está el horno para bollos, señorita".

No está el horno para bollos significa que el horno tiene un problema. Solo que yo en realidad no estaba haciendo bollos. Pero creo que no era el momento para explicarle.

En ese momento, mi papá llegó a casa del trabajo.

Mamá le fue a contar a papá todo lo de Cosquillas.

Después los dos me echaron un sermón.

Se llamaba "¿Qué demonios se me ha metido en la cabeza, señorita? ¿Es que no tengo sentido común? Y ¿te tengo que vigilar cada minuto?".

Cuando dejó de gritar, mamá me metió en mi cuarto. Y me quitó las tijeras para siempre y nunca jamás.

Y esta es la *superpeor* parte de todas.

Después de cenar, tuve que darme un baño *y irme* directo a la cama.

Mamá me puso un beso en la mejilla.

Pero no era sincero.

—Ya, solo que ni siquiera estoy cansada —dije—. Y por eso a lo mejor puedo ver la Rueda de la Fortuna.

Mamá movió la cabeza.

—De eso nada. Nada de tele —dijo—. Si no estás cansada puedes quedarte ahí tumbada y pensar en lo que hiciste hoy.

Después de eso, cerró la puerta y se fue.

Yo le resoplé.

—Ya, solo que ni siquiera tengo que pensar lo que hice hoy. Porque ya lo he pensado. Pues por eso —me susurré a mí misma.

Luego se me puso una sonrisita en la boca.

—¿Y sabes qué más? Que creo que estoy progresando.

7/ El lío más requetegordo

A la mañana siguiente estaba muy contenta.

¡Porque ya sabía lo que me había fallado con Cosquillas!

¡Cosquillas tiene pelo de perro! ¡Y el pelo de perro es más difícil de cortar que el pelo de persona! ¡Porque el pelo de persona es mucho más dócil!

Fui corriendo al espejo y miré mi pelo de persona.

—Seguro que este tipo de pelo es perfecto —dije.

Justo entonces, oí que abrían la puerta principal.

¡Era mi abuelo Frank Miller! Venía a cuidarme antes de la escuela.

Corrí y lo saludé con un beso.

Luego volví a salir *escopeteada* a mi cuarto. Y le grité un mensaje por el pasillo:

—¡NO VENGAS A MI CUARTO! ¿ESTÁ BIEN, ABUELO? ¡PORQUE HOY ME QUIERO VESTIR YO SOLITA! ¡Y NI SIQUIERA NECESITO AYUDA DE NADIE!

Después de eso, cerré muy bien la puerta. Y fui corriendo a mi mesa.

Porque ¿sabes qué?

¡Más tijeras! ¡Pues eso!

Estaban en el cajón del medio, donde las guardo.

Las abrí y las cerré muy rápido.

Luego fui a mi vestidor.

Y me peiné mis mechoncitos sedosos y suaves.

¡Y les corté las puntas!

Me eché un vistazo un poco nerviosa.

¿Y sabes qué?

¡Que no estaba mal!

Sonreí muy contenta.

—¡Sabía que podía hacer esto! ¡Lo sabía! ¡Lo sabía! ¡Todo lo que tenía que hacer era practicar!

Después de eso, me corté unos cuantos mechoncitos más. Y además recorté los lados. Y un poco por encima. Y por detrás.

Cuando terminé, me volví a mirar en el espejo.

Fruncí el ceño un poquito.

—Hmm. Estos mechoncitos no parecen iguales —dije.

Y por eso traté de igualarlos.

Solo que los tontos estaban cada vez más tiesos.

Al final, acabé toda *fustrada*. Y agarré un mechón entero. Y lo corté del todo.

—¡Ja, ja! ¡Para que sepas! —dije.

Dejé las tijeras y me miré.

Tragué saliva.

¡Oh, no! ¡Estaba llena de puntas que salían por todas partes!

—¡Escobillas! —dije—. ¡Tengo escobillas!

Por eso empecé a llorar. Porque las escobillas son como escobas cortas. Y no son nada atractivas, ¿sabes?

Justo entonces, oí que alguien llamaba a mi puerta.

—Junie B., cielo, ¿estás bien? —me preguntó mi abuelo—. ¿Puedo entrar?

—¡NO! ¡NO ESTOY BIEN! —grité—. ¡TODAVÍA ME ESTOY VISTIENDO! ¡ASÍ QUE VETE AL SITIO DE DONDE VINISTE!

El abuelo Miller se rió.

—Está bien, está bien. Ya lo he enten-
dido —dijo—. Voy a hacerte un sándwich.
Pero apúrate. Tengo que hacer algunos en-
cargos y te voy a llevar a la escuela en auto.

Sus pies se fueron a la cocina.

Me senté en la cama muy enojada.

Porque las escobillas es el peor lío en el
que me había metido jamás.

8/ Sombreros

No sabía qué hacer.

¿Cómo iba a ir a la escuela? ¡Todos verían mis escobillas ! ¡Y se reirán y reirán!

Por eso no podía dejar de llorar.

De repente, pasó un milagro. Y se llama "vi mi sombrero con cuernos de diablo".

Estaba sentado en mi mesa, justo donde lo había dejado mi mamá. ¡Y eso me dio una buena idea!

Lo agarré muy rápido y me lo puse.

¿Y sabes qué?

¡Que no se veían mis escobillas!

—¡Oye! ¡Si llevo esto a la escuela, nadie verá mi pelo! —dije muy aliviada.

Solo que entonces fruncí un poco el ceño.

—Ya, pero ¿qué pasa si juego en el parque... y alguien me roba y me quita mi sombrero con cuernos de diablo? Entonces todo el mundo verá mis escobillas. Y se reirán y reirán.

Pensé con todas mis fuerzas.

—Hmm —dije—. A lo mejor me puedo poner dos sombreros. Así, si alguien me quita uno, todavía tengo el otro puesto.

Miré mi gorro de baño. Estaba sobre mi silla.

Me lo puse debajo de mi sombrero.

—Ya, pero ¿qué pasa si estoy jugando en el parque... y alguien me quita el sombrero con cuernos de diablo... y luego me quitan mi gorro de baño? Entonces todo el mundo verá mis escobillas. Y se reirán y reirán.

Me di golpecitos en la barbilla.

—¡Tres sombreros! —dije—. ¡Me pondré tres sombreros para ir a la escuela! ¡Porque eso me dará protección extra!

Abrí el cajón de abajo y encontré mi máscara de esquiar. ¡Porque las máscaras de esquiar te esconden enterita!

Me puse la máscara en la cabeza. Entonces me puse el gorro de baño. Y mi sombrero con cuernos de diablo.

Me miré en el espejo.

—¡Guau! ¡Ahora nadie puede ver nada! ¡Ni siquiera la nariz!

Después de eso, me vestí. Y me fui dando saltitos muy contenta a la cocina.

Los ojos del abuelo Miller se le salieron cuando me vieron.

—¡Oye, oye, oye! ¡A la escuela no puedes ir vestida así! —dijo.

Por eso terminé diciéndole una mentirita muy pequeñita.

—Ya, solo que hoy es el día de los sombreros. Y mi señorita nos dijo que podíamos ponernos todos los sombreros que quisiéramos.

El abuelo Miller se *arrascó* la cabeza.

Luego se quedó mirando cómo comía mi sándwich a través del agujero para la boca.

Y me llevó a la escuela.

Me fui al Salón Nueve dando saltitos muy alegre.

Me senté en mi mesa, cerca de Lucille.

—Hola —dije—. Soy yo. Soy Junie B. Jones. ¿Me ves, Lucille? ¿Me ves? Me he puesto un lindo muestrario de sombreros.

Justo entonces, un chico muy malo que se llama Jim me señaló y gritó.

—¡OIGAN, TODOS! ¡MIREN A LA LOCA DE JUNIE B. JONES! ¡VAYA CHIFLADA! —gritó.

Y de repente, ¡salió corriendo por el salón! ¡Y me arrancó mi sombrero con cuernos de diablo de la cabeza!

Todos los del Salón Nueve se rieron y rieron.

¡Porque vieron mi gorro de baño, por supuesto!

Solo que tuve mucha suerte, porque justo en ese momento, mi señorita entró volando en la clase. Y controló a toda la gente.

Se llama Seño.

También tiene otro nombre. Pero a mí me gusta Seño y ya está.

Seño le quitó mi sombrero de la mano al chico ese. Y me lo devolvió.

Luego gritó a todos los niños. Y me llevó al pasillo.

Seño se dobló hasta donde yo estaba.

—Muy bien, jovencita. ¿Qué está pasando aquí? —preguntó.

Me mecí para adelante y atrás con los pies.

Porque no le quería contar la historia allí, pues por eso.

—Ya, lo que pasa es que no sé de qué está hablando —dije muy bajito.

—Los sombreros, Junie B. ¿A qué vienen estos sombreros?

Al final, di un suspiro muy grande. Y le conté la historia.

La historia de los sombreros
por
Junie B. Jones

—Había una vez una niña que se llamaba Rosi Gladis Guzmán. Y estaba practicando para ser peluquera en un salón de belleza. Solo que tuvo mala suerte. Porque los tontos de sus mechoncitos no se quedaban quietos ni un minuto. Y por eso terminó cortándolos todos. Y ahora le gustaría no haber sido nunca Rosi. Y estos son todos los detalles que le quiero contar en estos momentos.

Hice un suspiro muy grande.

—Fin.

Seño me puso las manos en los hombros.

—Junie B., cielo. ¿Me estás diciendo que te has cortado el cabello? ¿Ese es el problema?

No le contesté.

Entonces, de pronto Seño me quitó mi máscara de esquiar. ¡Y yo ni siquiera sabía que iba a hacer eso!

—¡No! —grité—. ¡No!

Solo que era demasiado tarde.

Seño vio mi pelo.

Me abrazó muy fuerte.

—Ay, Junie B. —dijo—. ¿Qué ha pasado?

Empecé a llorar otra vez.

—Escobillas —le dije—. Escobillas, eso es lo que pasó.

Después de eso, Seño me dio unos pañuelitos.

Y yo y ella nos sentamos en el piso.

Y pensamos qué teníamos que hacer.

9/ Aprender la lección

Por fin, Seño me volvió a poner el sombrero de cuernos de diablo en la cabeza.

—Aquí tienes —dijo—. Te prometo que este va a ser el único sombrero que necesites hoy.

Después de eso, volvimos a entrar en el Salón Nueve. Y Seño contó una mentirita muy pequeñita.

—Niños y niñas... atención, por favor, Junie B. está empezando a resfriarse. Y por eso le voy a dejar que lleve el sombrero en la clase.

Miró al malo ese de Jim.

—Todo el día, Jim. Va a llevar el sombrero puesto todo el día. Y nadie lo va a tocar —dijo—. Nadie.

Salté de mi asiento.

—Eso, Jim. Ni siquiera lo puedes tocar con tu dedo pequeñito. ¿Verdad, Seño? ¿Verdad? ¿No?

—Verdad —dijo Seño.

—Ni siquiera en el recreo, ¿verdad, Seño?

Seño metió sus cachetes hacia dentro.

—Sí, Junie B., verdad.

—Y tampoco cuando bebo en la fuente del agua. Ni cuando me agacho para atarme el zapato. Ni cuando voy hacia el sacapuntas. Ni cuando estoy sentada sin más, en mi silla. Ni cuando trabajo en mi cuaderno. Ni cuando practico el abecedario. Ni cuando...

—Ya está bien. ¡Ya lo entendimos! —dijo Seño.

Me alisé el vestido.

—Pues entonces, muy bien —dije muy educada.

Después de eso, me senté en mi silla.

Y trabajé en mi cuaderno.

Y jugué en el recreo.

Y fui a la fuente del agua.

Y nadie tocó mi sombrero.

Después de la escuela, papá vino al Salón Nueve a buscarme.

Me sorprendió ver al hombre ese.

—¡Papá! ¡Papá! ¡Yo ni siquiera sabía que hoy ibas a venir a buscarme! ¡Así que este día está resultando mejor de lo que pensaba!

Papá se quedó mirando mi sombrero.

De repente, a mi barriga no le gustó mucho esta situación.

Alargó la mano y me lo quitó de la cabeza. Después cerró los ojos muy rápido.

—Qué lindo —dijo.

Luego me levantó. Y me llevó en brazos hasta el auto.

Le di golpecitos.

—¿De verdad que te parece que es lindo? ¿O era solo una broma? —le pregunté un poco nerviosa.

Papá no contestó mi pregunta.

En vez de eso, me abrochó el cinturón. Y empezó a manejar.

Manejamos y manejamos durante mucho tiempo.

Al final, llegamos a un estacionamiento.

Miré por la ventana.

—¡Papá! ¡Oye, papá! ¡Es el salón de belleza! ¡El salón de belleza de Maxine! —dije.

Papá me llevó adentro.

¿Y sabes qué?

¡Que Maxine me estaba esperando!

Me lanzó una sonrisita.

—Hmm. Parece que alguien se ha querido cortar las puntas —dijo.

Me entró mucha vergüenza.

—Al final no quedó muy igualado —dije muy bajito.

Maxine me despeinó el pelo con la mano.

Entonces me puso en la silla gigante que da vueltas. Y me roció el pelo con agua.

Después de eso, cortó y cortó y cortó.

Por último, me puso gel del pelo. Y me lo secó.

Me miré en el espejo grandote.

—¡Oye! ¡Tú sí que sabes! ¡Ya no hay escobillas! —dije muy contenta—. ¿Cómo hiciste eso, Maxine? ¿Cómo lo hiciste?

Maxine le guiñó el ojo a papá.

—Con años de experiencia —dijo.

Papá se acercó a mi cara.

—Años y años y años —dijo.

Después de eso, me bajó de la silla.

Y le dio a Maxine un montón de dólares.

Y me llevó a casa.

* * *

Cuando llegamos a mi casa, papá entró en el cuarto conmigo.

Agarró las tijeras de repuesto de mi mesa. Y las metió en su bolsillo.

—Perdón, papá. Siento haberme cortado el pelo —dije.

Él suspiró.

—Ya sé que lo sientes, Junie B. —dijo—. Solo espero que con todo esto hayas aprendido una lección.

—Sí, papá. La he aprendido. De verdad. De verdad.

Papá me dio un beso en la cabeza.

Porque el hombre este todavía me quería, pues por eso.

Después salió del cuarto, y yo me miré al espejo un poco más.

Era el pelo más lindo que había visto en toda mi carrera.

Justo entonces, mi cara se iluminó.

—¡Oye! Yo fui la que empecé este corte de pelo. ¡Así que a lo mejor todavía puedo ser una peluquera de salón de belleza! —dije muy emocionada.

Me di golpecitos en la barbilla.

—Ya, solo que ¿qué va a pasar cuando crezca y tenga que practicar más? ¿Con qué voy a cortar?

Miré mi mesa con mucha curiosidad.

Luego fui de puntillas hasta allí con mucho cuidado. Y abrí el cajón de debajo de mi escritorio.

Busqué con las manos por toda la cosa esa.

De repente, sonreí un poco a escondidas. Porque... ¿sabes qué?

¡Más tijeras de repuesto!

¡Los libros son mis cosas **PREFERIDAS** del **mundo mundial!**

Lee este otro libro sobre mí. ¡De verdad!

Junie B. Jones tiene un monstruo debajo de la cama

por Barbara Park

Junie B. tiene mucho que decir...

reglas

Mi salón se llama Salón Nueve. En ese sitio hay un montón de reglas: No se grita. No se corre por los pasillos. Y no se embiste con la cabeza a los otros niños en el estómago.

• de *Junie B. Jones y su gran bocota*

cunas

Una cuna es una cama con barrotes en los lados. Es como las jaulas del zoológico. Solo que en la cuna puedes meter la mano a través de las barras. Y el bebé no te agarra y te mata.

• de *Junie B. Jones y el negocio del mono*

retirar

Después de eso, nos retiraron el trapeador. *Retirar* es la palabra que usan en la escuela para decir que te han quitado algo de las manos.

• de *Junie B. Jones y su gran bocota*

...sobre todos y todas las cosas...

Salón Nueve
Mi mesa es donde me siento toda estirada. Y hago mi trabajo. Y no hablo con mis compañeros. Pero siempre se me olvida esa parte.
• de *Junie B. Jones espía un poquirritín*

nombres
Robert es mi papá. Solo que a veces es Bob.
• de *Junie B. Jones y el horrible pastel de frutas*

pasar lista
Pasar lista es cuando dices "aquí". Solo que cuando no estás ahí tienes que quedarte callado.
• de *Junie B. Jones y el cumpleaños del malo de Jim*

la tal Grace
Yo y la tal Grace vamos juntas en el autobús. Ella tiene mi tipo de pelo preferido. Se llama con rizos automáticos.
• de *Junie B. Jones ama a Warren, el Hermoso*

...¡en otros libros de Junie B. Jones escritos por Barbara Park!

fotos de la clase
La foto de la clase es cuando todos los del Salón Nueve se ponen en dos filas. Los más grandototes se ponen detrás. Y los bajitos se ponen delante de los de atrás. Yo soy bajita. Solo que no hay por qué avergonzarse de eso.
• de *Junie B. Jones tiene un monstruo debajo de la cama*

castigo
Castigada, señorita, es cuando tengo que estar en mi rincón. Y también puedo estar en la alfombra.
• de *Junie B. Jones no es una ladrona*

las ferias de diversión
Las ferias de diversión son un engaño. Porque una vez mi papá se pasó todo el rato intentando derribar tres botellas con una pelota. Pero aunque les daba, no se caían. Entonces él y mamá tuvieron que llamar a la poli. Y también a los del Noticiero Univisión a las seis y a las diez.
• de *Junie B. Jones y el horrible pastel de frutas*

Barbara Park dice:

66 Cuando era niña, los viajes al salón de belleza eran casi mágicos. Me encantaban las filas de lavabos y los espejos brillantes. Pero lo que más me gustaba era la silla que daba vueltas donde me sentaba muy quieta y miraba cómo me cortaba el pelo la peluquera. ¿Cómo iba a quedar esta vez? ¿Me seguirían reconociendo los chicos de la escuela? ¿Y qué te parece el gel ese que huele tan bien? ¿Me ahuecarían el pelo como a todas las señoritas que estaban sentadas a mi alrededor?

Bueno, ahora ya soy mayor, pero tengo que admitir que a veces los viajes al salón de belleza siguen pareciéndome un poco mágicos. Es el único sitio donde se puede llegar con mal aspecto ¡y salir luciendo fenomenal! Eso sí, siempre que la persona que te corte el pelo no sea... ¡Junie B. Jones! 99 .